TÉQUITOI

LE HIBOU

De Blandine Aubin, illustré par Émilie Vanvolsem

Ce matin, comme tous les matins, Sam la petite salamandre
se réveille de bonne humeur, une nouvelle idée en tête.
Si elle allait rendre visite à son ami Moucheron ?
Depuis quelques jours, il a l'air ronchon...

Mon pauvre Moucheron, que t'arrive-t-il ?
On dirait que tu n'as pas fermé l'œil de la nuit !

Tu l'as dit, Sam ! Tous les soirs, au bord du pré,
j'entends un loup qui fait houhou... ça me fait faire
de ces cauchemars !

Un loup ? Ton imagination te joue des tours, Moucheron.
On va vérifier ça dès ce soir. Je passe te chercher !

À la tombée de la nuit, comme promis, Sam vient chercher Moucheron chez lui. Dans le noir, les buissons et les arbres ont des formes bizarres... Moucheron est inquiet.

 Dis, tu ne trouves pas que ce sapin ressemble à une sorcière ? Et ce truc qui bouge là, ce ne serait pas un lutin ?

 Pas du tout, voyons, c'est la famille hérisson qui part en balade !

 Et là, ces grands yeux orange qui brillent, qu'est-ce que c'est ?

 HOU... HOU... Hou ou ou !

 Le loup ! Je t'avais prévenue ! Sauvons-nous !

Sitôt dit, Moucheron veut prendre la poudre d'escampette.
Heureusement, Sam l'arrête à temps. À la place d'un loup,
un gros oiseau costaud couvert de douces plumes apparaît
à la lueur de la lune.

Hou... hou ! Salut la compagnie !
Alors, on se promène la nuit ?

Oups, **t'es qui toi ?**

Je m'appelle Papa Hibou, de la famille des moyens-ducs !
Je suis venu chercher à manger pour ma bien-aimée.
Elle garde nos petits qui sont nés le mois dernier...

Félicitations, Papa Hibou ! Moi, c'est Sam,
et celui qui se cache derrière moi,
c'est mon ami Moucheron !

Papa Hibou se perche en équilibre sur la barrière qui borde
le pré. Les yeux grands ouverts, il se met à inspecter les environs.
Pas très rassuré, Moucheron l'examine avec attention.

Dis donc, Papa Hibou, comme tu as de grands yeux !

C'est pour mieux voir dans le noir, petit Moucheron !
C'est utile quand on vit la nuit, comme moi.

Et comme tu as de grandes oreilles...

Hou... hou ! Ce ne sont pas des oreilles.
Ce sont mes aigrettes, d'élégantes touffes de plumes !

Moucheron, arrête d'embêter Papa Hibou.
Tu vois bien que ce n'est pas le grand méchant loup !

Soudain, le hibou tourne la tête à gauche et à droite.
Puis il déploie ses longues ailes et plonge en avant vers le pré.

 Ce n'est peut-être pas un loup, mais il a de grosses
pattes, avec quatre griffes !

 Hou... hou ! Ce sont mes serres pour la chasse...
Justement, j'entends des campagnols qui couinent
dans l'herbe !

 Sapristi, tu en as une bonne ouïe !

 J'ai un truc... Les plumes autour de ma tête
me servent d'antenne. Attendez-moi là, les amis !
Je reviens dans un instant.

Volant en rase-mottes, Papa Hibou disparaît dans la nuit.
Sam est épatée... Quand il agite ses ailes, on n'entend pas
un seul bruit ! C'est alors que Moucheron la tire par la patte,
l'air embarrassé.

Euh, Sam, je crois que j'ai de nouveau la frousse...
Si on rentrait ?

Pas tout de suite, Moucheron. Papa Hibou nous a
demandé de l'attendre. D'ailleurs, regarde, le voilà
qui est déjà de retour ! Coucou, Papa Hibou, on est là !

Hou ! Poussez-vous, les minus !
Je n'ai pas le temps de bavarder !

Qu'est-ce qui lui prend tout à coup ?
On dirait qu'il est fâché !

Le gros oiseau s'éloigne vers la forêt, laissant Sam
et Moucheron stupéfaits. Derrière eux, sur la barrière,
quelqu'un se met à glousser.

Hou… hou ! J'en étais sûr… Vous m'avez confondu
avec la chouette ! Pourtant, on est différents :
elle ne porte pas d'aigrettes !

Saperlipopette, c'est vrai. Voilà un bon moyen
de ne plus se tromper !

Venez, je vais vous présenter quelqu'un
qui me ressemble beaucoup. C'est ma bien-aimée…
Ce n'est pas une chouette, mais elle est vraiment
chouette, vous verrez !

Oh là là, quelle histoire de fous… Moi, je mélange tout !

Papa Hibou emmène Sam et Moucheron au pied d'un arbre.
Au milieu, dans un nid, Maman Hibou s'occupe de trois tout-petits.
Un peu plus loin, deux jeunes s'amusent sur les branches.

Attention de ne pas tomber, mes chéris. Patientez quelques semaines, et vous saurez voler et chasser !

Bonjour, Maman Hibou. Ils sont rigolos, tes petits, avec leurs plumes blanches !

Ils sont chou, pas vrai ? C'est leur duvet de bébé...
Et sur les branches, voici mes deux aînés.
Ils sont sortis de l'œuf les premiers...

Ma parole, le plus gros vient de me lancer un caillou !

En effet, ploc, une boule sombre vient de tomber du bec
d'un des jeunes hiboux. Moucheron est vexé !
Il a failli se faire assommer !

 Hou... hou ! Ce n'est pas un caillou, c'est une pelote
de réjection !

 Une pelote à réaction ?

 Non, Sam, de réjection ! Tout ce que nous ne pouvons
pas digérer, nous le rejetons par le bec sous la forme
d'une petite boule.

 À propos, allons chercher à manger, Papa Hibou.
Les petits crient, ils vont bientôt être affamés !

 Pîîî, pîîî ! Pîîî, pîîî !

Sans traîner, les parents hiboux s'envolent vers le pré.
À peine sont-ils partis qu'un craquement inquiétant retentit.
À quelques pas de Sam et Moucheron, une silhouette se faufile
entre les buissons...

Tiens, un visiteur à la queue touffue et aux dents
pointues... Cachons-nous, Moucheron...

Snif, snif, ça sent le nid de hibou par ici...
Foi de fouine, je vais sûrement trouver des oisillons
ou des œufs à croquer...

La fouine ? Saperlipopette, elle va piller le nid !
Va prévenir les parents hiboux, Moucheron.
Je vais essayer de la retenir !

J'y vole ! Compte sur moi pour cette mission !

Plus rapide qu'une fusée, Moucheron décolle dans l'obscurité. Comme un super-héros, zzzim, zzzoum, il slalome entre les arbres et fonce jusqu'au pré. Ouf, Papa et Maman Hibou sont là !

 Alerte ! La fouine veut piller votre nid, venez vite !

 La fouine ? Ah non !
Ça ne va pas se passer comme ça !

 Mes chouchous sont en danger !
Il faut les protéger !

 En avant, suivez-moi !

Pendant ce temps, la fouine se glisse habilement le long
des branches. Effrayés, les jeunes hiboux commencent à s'agiter.
N'écoutant que son courage, Sam sort de sa cachette...

 Euh... salut, Fouine ! Tu sais quoi ?
J'ai une super-devinette pour toi. Connais-tu
la différence entre un hibou et une chouette ?

 Qu'est-ce que c'est que cette histoire ?
C'est une blague ?

 Pas du tout ! Je vais t'expliquer. La chouette
n'a pas d'aigrettes sur la tête, mais... le hibou, oui !
Si tu ne me crois pas, regarde derrière toi !

 Derrière moi ? Pourquoi ?

La fouine a à peine le temps de se retourner que Papa
et Maman Hibou l'encerclent en claquant du bec.
VRAK VRAK VRAK, ils se mettent à pousser de terribles cris
jusqu'à ce que la chipie s'enfuie...

Laisse nos petits tranquilles, compris ?
Sinon, on t'attrape avec nos serres !

Et on t'emmène faire un tour dans les airs !

Oups, non merci, je préfère filer d'ici !
La prochaine fois, je me méfierai des devinettes, moi...

Hi hi hi ! On a réussi, regardez, elle déguerpit !

Papa et Maman Hibou se précipitent dans le nid
pour rassurer leurs petits. Sam les regarde, attendrie...
Mais Moucheron, lui, est encore tout énervé !

 Merci, les amis ! Grâce à vous, nos bébés sont sains
et saufs ! Vous allez pouvoir faire un dodo bien mérité...

 Dormir ? Pas question. J'ai envie de m'amuser, moi !
Vivre la nuit, maintenant j'adore ça...

 Sapristi, tu veux dire que tu n'as plus peur du noir,
ni du grand méchant loup ?

 Peuh, ton imagination te joue des tours, Sam !
Je n'ai jamais eu peur de rien... Maintenant que
je suis un héros, plus question de faire dodo !

FIN

TÉQUITOI ?
QUIZ

Saperlipopette ! Quelle journée ! J'ai vraiment découvert
plein de choses sur la vie des hiboux !
Tu veux bien m'aider à les lister ?
Allez, on récapépette... euh... on récapitule !

Comment s'appellent les touffes de plumes
que les hiboux ont sur la tête ?
1 Les aigrettes.
2 Les chouquettes.
3 Les bouclettes.
Réponse : les aigrettes.

Les hiboux dorment le jour, mais que font-ils la nuit ?
1 Ils sifflent avec les rossignols.
2 Ils apprennent à parler espagnol.
3 Ils chassent les campagnols.
Réponse : ils chassent les campagnols.

Quel est l'oiseau qui ressemble beaucoup au hibou ?

1 L'alouette.

2 La mouette.

3 La chouette.

Réponse : la chouette.

Quel est l'animal qui aime croquer les bébés hiboux ?

1 La fouine à la queue touffue et aux dents pointues.

2 Le canard au bec épaté et aux pattes palmées.

3 L'ours aux pattes griffues et au museau velu.

Réponse : la fouine à la queue touffue et aux dents pointues.

Quel est le cri d'alarme des hiboux en cas de danger ?

1 Ouaf ouaf ouaf.

2 Vrak vrak vrak.

3 Miaou miaou miaou.

Réponse : vrak vrak vrak.

Éditions Petite Plume de carotte
www.plumedecarotte.com

La Petite Salamandre
www.petitesalamandre.net

Une aventure nature de Sam la petite salamandre
racontée par Blandine Aubin et illustrée par Émilie Vanvolsem.

Dépôt légal : octobre 2013 • ISBN : 978-2-36154-067-8
Impression : Ercom (Europe), août 2013
Ce livre a été imprimé avec du papier issu d'une exploitation raisonnable des forêts.
Loi n° 49-956 du 16 juillet 1949 sur les publications destinées à la jeunesse